谨献给

所有 1963 年生人的 50 岁生日以及

那些 1963 年去世人的 50 周年纪念

目 录
contents

序一　当我们谈论诗歌时我们在谈论什么 / 陈　雷 …… 1
序二　在静默中聆听诗歌的天启 / 周维强 …… 13

第一辑　陌生的城市（2013—2000）

七月的罂粟 …… 3
要是渴了 …… 5
秋之将至 …… 7
别再放纵，阿多 …… 9
这个设备简陋的房间 …… 10
我向强盗请教 …… 11
真相 …… 13
在陌生的城市 …… 14
谁向谁告别 …… 15
农历二月，我来到故乡 …… 17
鸟儿飞离的时候 …… 19
什么时候我才能回到你的旧屋 …… 20
耻辱柱环绕着广场 …… 22
布克先生的心脏 …… 23
谁跨过了 …… 25
提篮桥的桥 …… 26

地图	28
让声音安静下来	30
我想成为一名乡村教师	31
偶然经过一片墓地,却发现	33
我站在原地	35
7月11日下午	36
门的里面是另一扇	38
当你转身	39
你的站台	40
我呼吸着,却感受不到空气	41
还有多少级台阶	42
甜蜜的言语	43
那一刻	45
在每一次修剪完指甲以后	46
下一个	47
你在哪一条路上行驶	48
当河床干涸	49
牙科大夫	50
总是不小心	53
再见,阿多	55
你静穆地躺在那里	57
我怎么了	58
原来,故乡	59
我押解着自己	60
打烊以后	61
道路养护	62
我不能将你删除	63

翻遍通讯录……………………………………… 64
孤枕难眠时……………………………………… 65
我见过我的祖母………………………………… 67
加勒比海的熏风………………………………… 69
当太阳坠落……………………………………… 71

第二辑 残局（1999—1987）

树叶飘落 树叶生长…………………………… 75
当动词…………………………………………… 76
吹过去的是风…………………………………… 77
卡斯特罗老了…………………………………… 78
你好吗，叶利钦先生…………………………… 79
夕阳照在北太平庄……………………………… 80
去杭州吧………………………………………… 81
并非为了理解…………………………………… 82
风把所有的梦…………………………………… 83
谁来收拾这副残局……………………………… 84
飞过去的是一片云……………………………… 85
新街口的小酒店………………………………… 87
冬天是一顶银灰的绒线帽……………………… 89
走进剧院………………………………………… 91
在渡轮的船头…………………………………… 92
海………………………………………………… 94
春天从窗下走过………………………………… 95
黄昏跨过阳台的栏杆…………………………… 96
看不到远方变黑的群山………………………… 97

第三辑　想起初三年级的作文题（1986—1983）

城市高楼……………………………………………… 101
最后一片树叶………………………………………… 102
昨夜星辰……………………………………………… 103
你从哪里来,阿多……………………………………… 104
你快活吗,阿多………………………………………… 106
折磨我的办法………………………………………… 107
站在街角……………………………………………… 108
从怀里拽出空的酒瓶………………………………… 109
我的朋友我的好朋友………………………………… 111
你要我说什么呢,阿多………………………………… 113
想起初三年级的作文题……………………………… 115
从清早开始…………………………………………… 117
生活教给我忘记……………………………………… 119
睡午觉的时候………………………………………… 120
我祈祷………………………………………………… 122

附录

沉潜与离叛 / 加　陆……………………………… 123

致谢

你教我没有闲情逸致写诗 / 布　克……………… 139

序一

当我们谈论诗歌时我们在谈论什么

陈 雷

其实,每一个人都需有这样的瞬间,问一下自己距诗歌已经有多么遥远了?

当现世的生活变得越来越远离我们最初的想象,或者说,当各种各样的普普通通的物质引诱都能让我们的行为见异思迁的时候,我们的确需要有一个宁静的瞬间,回望向我们的内心深处,寻问一下自己:你最初的诗歌是什么?或者,更加直接地对镜揽照,面对自己变得日益苍老的容颜和心态,问一声:那梦想还在吗?这样的寻问时刻,关乎诗歌、关乎精神深处,在我称它为诗意的瞬间。

无论你如何回答自己的这声轻轻的提问,在我的猜想里,你肯定已经有了隐约的答案。这答案必定超出了财富、名利等等现世的衡量尺度,让你进入了一刹那最初的青春味道。

当我写下文章标题的一瞬间,各种与诗歌相关的感觉便一下子涌上心头。我并不是刻意模仿卡佛《当我们谈论爱情时我们在谈论什么》那本著名小说集的书名,虽然在我的理解里,卡佛谈论的"爱情"在根本上已然涉及到了"诗意的瞬间"——那也是朝向灵魂深处的一次次张望。尽管谈论诗歌,也索性就是在谈论另一种爱情,但是,更多的还是布克在诗中传递出的情绪,它是与卡佛小说主人公们交互缠绕的生活影子,让我将卡佛的美国乡村与上海都市联通了起来,在布克的诗行中仿佛看到了卡佛笔下的那些人物以及他们的生存感受。

无疑,此时此刻社会生活方方面面的情状,已经明显地远离诗意了。但是,诗歌作为人类在初始阶段就进化出来的与上天的对话方式,它显然在不断的衰竭过程里总也能不时地显示着自己独有的生命力,从**我爱你**的世俗意境,到**我与你**的宗教肃穆,二者之间宽泛的领地内始终是诗歌如蒲公英的花种一般四处飘散,找寻着降落之地。

好在一直有人陪伴,在绵延的诗歌史中。

你正准备翻看的这本诗集,正是一个在人生中生物时间已经超过了50岁的诗人,不断寻问着自己那个同样没有答案的问题:青春的诗意摊开在人生的途路之上,何处才是通向渴望着的终点的可能?

很多时候,人类也许只能用提问的方式来显示回答。

> 七月,热烈而又寻常
> 灵魂佝偻着猫眼
> 肉体骤然绽放
> 快乐缥缈在虚无时代的渴望里
> 快感汹涌冲刷年久失修的血管
> 当雪茄点燃夜晚
> 我总是劝服自己,这一切
> 这一切,与德性无关
>
> 《这个设备简陋的房间》,2013

> 我心情糟糕透了或者简直没有心情
> 从客厅走到卧室又从卧室回到客厅
> 仿佛穿过了无数世纪的废墟
> 记忆里的童年,旧屋和木梯
>
> 阳历的某一天总是阴历的另一天
> 秋日的某一天终是冬日的前一天
> 你渴望的某一个词在汉语里已经无从查找
> 穿越城市盲目的喧嚣是你不敢张望的深渊
>
> 《我向强盗请教》,2013

  人生的途路漫长而且多歧,这让人难以想清楚它的无穷因果。

  如何竟然也走到了今天?!作为布克的大学同窗,在我翻看他的诗集时,仿佛就是一次人生的回放。这还不仅仅是因为他将诗歌作品的写作时间,进行了编排上由近及远的倒置。而是在阅读中能够让人——比如我——察觉到,是一次生命从今天出发向过去的回望。在回望的时间翻卷中,让你可以一点一点地进入安静的寻找,寻找自己那最初的梦的发端。

  是的,布克一贯是如此聪敏。他用诗直截了当地展示了他的意图:归途必然显现在来路之中。当看不清前途的时候,只有一次再次地确认曾经的来路。

  漫天的雾霾,沉沉地不愿散去。

  雾霾持续的笼罩,显然已经不仅是一场在中国版图上逐渐扩大着的生态灾难了,而在精神的肌理中,我还把它象征性地理解为人的心态灾难。因为,在当下,雾霾用物理的事实不断地提醒着人们,我们已经很难再拥有一个湛蓝的天空了。其实,它也是在告诉我们,与此同时一起失去的,还有我们遥远过去的那种湛蓝湛蓝的心境。

在我们挥霍了无数青春的激情、在我们没有扼守住中年的贪欲、在我们过度地为老不尊……种种行为之后,难道还会有什么样的晴空万里以及清风扑面吗?!相由心生,天由人造。

那么,有没有人问,我们又是怎样从湛蓝走进这雾霾之中的呢?

在诗意的瞬间,诗人布克注定是孤独而迷惘的,他注定无法用与现实和解的方式找到自己的归宿:

>那一刻
>人流突涌
>我唯独不见你的踪影
>骊歌响起
>我们走向明天
>还是回到过去
>
>那一刻
>记忆如潮
>我唯独想不起你的名字
>电视里不断重复着晚安曲
>如果没有明天
>就让我独自回到过去
>
>那一刻

狂风骤起
我在汹涌的人海中抱守残缺
像潜逃的妇人腰缠细软
我可以没有明天
如果过去无法链接

《那一刻》，2011

正是这样，当人们再难期待明天的时候，孤独与焦虑必然光顾你的内心。无论你处于什么样现实生活的场景之中，你依然都会感觉到生活目标的迷失。无路可走，无路可逃。迷惘，已经成为了当下全社会普遍的精神感受，那是因为人们已经渐渐遗忘了一路走来的过去。

在种种的不知所措之中，布克和我们一样，从大学毕业的80年代一直走过各种流行而到今天。这30年，他在讲课之后的傍晚或深夜，走过现代都市的街道，他的心境究竟会是一种怎样的混沌？我很难具体猜测。

可是，他的诗留给了我们一个探望的瞬间：

在每一次修剪完指甲以后
我开始抽烟

我企图剪断
这些肮脏的手指

它听凭于
欲望

> 那一刻
> 门锁暗动
> 熏熏然的烟雾
> 夺门而出
>
> 　　　　《在每一次修剪完指甲以后》，2011

　　显然，夺门而出的还有他心中的热切。因为，满室的烟雾已经透露了诗人自己焦灼的心绪。也许，他既然无法"剪断／这些肮脏的手指"，那么就让它们拿捏住一支香烟，就让自己一次次在香烟燃起的烟雾中暂时远离喧嚣，走进自己内心的诗意的瞬间，再把这思绪和眼神凝固成一行行诗歌，并以此来抵御各种欲望的进犯。

　　可是，这些诗句同样也掩饰不住布克深深的孤独。他的诗，都像是在对着上天的自言自语：

> 你在哪一条路上行驶
> 又在哪一个路口拐弯
>
> 你揿响哪一个门铃
> 又从哪一个房间出逃
>
> 你无所遁形
> 你必将束手就擒
>
> 　　　　《你在哪一条路上行驶》，2010

　　有的诗中，他还为孤独的自己创造了一个对谈的伙伴——阿多。

总是不小心
总是不小心烫伤
被春天乍泄的辰光
被夏夜没有燃尽的蚊香

在冬日午后
当我掐灭烟头
不经意间,再一次被
烫伤

秋天,我如此钟爱的
秋天,我却没有庭院
和池塘,迎接你的
万叶千声
没有台阶和楼阁,装点你的
暮霭寒烟

我小心翼翼,阿多
似砧杵敲残
似梧桐飞落
你密密麻麻空空洞洞的
喘息,还是将我烫伤

《总是不小心》,2008

像这样对着一个不存在的存在者阿多的倾诉,越发地体现着诗人内心的孤寂。而恰恰是这样自言自语的方式,布克规划出了他的诗歌表达与社会流行的文学价值的最终界限。

在这个混乱的时代里,诗歌躲在文学的角落里难堪着。有人仅仅靠回车键就可以创造出风靡一时的诗歌文体,或者用一些大而无当的词组宣示着某种价值体系,而真正诗人的神圣气质,已经成为了精神病的代名词。但这恰恰反衬出一个人嗫嚅着的喃喃自语,那用心表达的精神安居之态更加圆满。

记得俄罗斯女诗人阿赫玛托娃曾经说过:金色的月华打造了戒指一枚/睡梦中它把它戴在我手指上,附耳低语:/"保护好这件礼物!要对自己的幻想充满骄傲!"/我是不会让渡这枚戒指的——无论是谁,也无论什么时候。这不是女诗人关于诗歌的宣言,而是她精神情状的真实白描,也是她用生活的苦痛刻写出的诗人的神采。

尽管布克诗歌写作的数量不多,难与女诗人相提并论,但是,从 30 年时间的废墟上辗转的困苦来看,至少有一点诗人们是相近的,那就是无论如何他始终都在抓着诗歌的翅膀飞离开这喧嚣的现世,没有"让渡"出他珍爱的"礼物"。

大学毕业后,我和布克北京、上海相隔两地,见面不多。而每次见面大都是说些当年学校里的人和事,漫不经心地怀一下旧而已。但是,我一直知道他在不断地写着他的诗歌。毕业后,我们不再讨论诗歌,这在我是一种故意。因为,随着年龄的增长,逐渐在我的文学愿景里产生了这样一种认识,诗歌是一种人类自"失乐园"后重回乐园的企图,是一种面对现世人生的未知后果的孤独修为。这显然无法众人一起切磋或者分享。虽说古人有殊途同归的乐观典故,而人生路途中的各种不确定,却让人必须在各自的困境面前懂得闭嘴!

布克也许是知道我对他的关注的。他写来一个很短的邮件,让我给他新出版的诗集写些什么,还抄来了当年在大学里油印的诗集前面我为他写过的文字。这让我更加剧了对自己来路的回望。

但是,我只想说,感谢布克。在全社会都在投奔财富的这30年里,我看到至少还有你一直在坚持着自己的诗歌梦想。无论生活的路途多么不同,只要还有人在坚持自己最初的梦想,这对于一直在寻找回归乐园之路的其他坚守者来说,无疑是一个相濡以沫般的回应。

布克的存在、他50岁仍在写诗的消息,于我就是一个天大的鼓舞。

马年的春节,很多人都过得寡淡、落寞。

一首《时间都去哪儿了》的歌,不仅在"春晚"上唱,在"元宵晚会"上也唱,还唱得习总书记都记得了这首歌。仿佛人们都开始了一种寻问,时间去哪儿了?我们怎么度过了那些时间?于是,有人就开始计算起时间的物理流量来了。

不管这时间究竟是不是那时间,生命的自然流动演化出来的所谓时间在根本上是没有意义的,就像是白天和黑夜的区分一样。在宇宙学家的眼中,世间根本不存在这样一种白天和黑夜的对立,它们的存在只是"曙暮带"的移动而已。人们所感知到白天或者黑夜,完全取决于他们所在的位置。

我在我的内心深处,对于歌里吟唱的这个"时间"是有过追问的。如果将歌者寻问的"时间都去哪儿了"的这个"时间",只是简单地理解为岁月的流逝,那么祖祖辈辈的生活模样从没有过丝毫的更改。但是,假如基于我的一个不切实际的联想,将这个"时间"与诗人胡风在半个多世纪前高喊出的那个《时间开始了》的"时间"做一个轻轻的勾连,那么,这个寻问也许才具有了更加辽阔的意义和深刻的价值。因为,这里的"时间"已经不再是单纯的物理流程,而是暗喻了一种向往中的幸福。"时间都去哪儿了",也就隐约地变成另一种追问:曾经许诺并期待的幸福都去哪儿了?!

还是让我重新说回布克的诗吧。在北京晴天的雾霾里,对面楼屋高大的体积只显出一个粗粗的轮廓。在几个午后,我一遍遍地读着布克的诗行。读他的诗,我心里始终联想着"时间"都去哪儿了?最初渴望的"欢乐"渐渐消散,连诗歌本身也满目疮痍。

不想忧伤,但禁不住忧伤;也不想励志,但却领受了鼓舞。在一个个午后,我只是在悄悄地依照诗行提示的路径,慢慢地重新走回到自己的青春里,在诗意的瞬间向这些诗行凝聚起来的那一刻眺望。终于,我眺望到了那曾经塞满我们青春激情的校园:

> 夕阳照在北太平庄
> 也照在铁狮子坟上
>
> 守望西南楼
> 守望西南楼的老树枯藤
>
> 当暝色涌入楼道
> 那黑色的精灵
> 还殷勤地
> 探看吗

《夕阳照在北太平庄》,1990

在这些诗句中,北师大的弟子们显然不会把北大平庄、铁狮子坟、西南楼这样的词组简单地理解为地理性名词,因为它们附着着我们一代学子精神家园的寄托。

卡夫卡曾经在一则笔记里写过一句尖利的话:"写作作为祈祷的形式。"这是他拖着生病的身躯穿越小公务员琐碎日子走向神圣写作者的私密法门。实际上,这也是每一个试图贯通自己人生之路的人所必要经历的心理姿态,正是在祈祷般的心境下,强烈的精神生存之需才能胶着起词与物之间的缝隙。

让诗歌回到诗歌,它不是昂扬的节奏和空洞的概念,它只是诗人向失去的"乐园"投去的深情一瞥。与其纠结于现世权力与财富漫天翻滚所造成的精神雾霾,不如在迷惘中让自己重新回到内心梦想的发端,去那里,在诗意的瞬间,想一想各自的来路与归途。

读布克的诗,对于我而言,就是这样的一次回望。

是为序。

2014 年 2 月 24 日定稿

序二

在静默中聆听诗歌的天启

周维强

布克的诗歌写作开始于上个世纪 80 年代初,那真是 20 世纪中国诗歌的第二个黄金时代啊,布克还在北京念大学——他所念的大学,是北京师范大学,那个时候的北师大,既有老一辈创造社健在的诗人和文艺学家黄药眠教授,又有留学美国布朗大学的"九叶"诗人郑敏教授,还有后起的任洪渊教授……真是诗风炽盛的校园啊。那个时候的中国大陆,大学还没有"驻校作家"制度,而北师大俨然有这么多的诗人教授!

在那个中外文化大交流大碰撞的时代里,很多大学校园诗人从西方作品、从 20 世纪上半期的中国诗歌、从古代中国文化里,广泛地吸取养料,而融会以个人对社会、人生和生命的体验。那一个时代大学校园里产生的诗歌作品,它对中外文艺文化和哲学思想的博采,它的融会贯通后的独创性,是足可以和 20 世纪上半期的大学校园里产生的诗歌作品相媲美的。也许在若干年后,会有人把这一个时期的校园诗人和校园诗歌作完整的系统的搜集、整理,编选成"大学校园诗歌大系"——在这一部煌煌大系里,布克的作品是可以占有光辉的一席的——然后再据此做成一部博士学位的论文。可惜,盛世不再了。20 世纪中国诗歌的第二个黄金时代伴随着80年代的消逝而谢幕了,所幸布克一直行走在纯诗的路上。

如果可以用一个词来概括布克诗歌特点的话,没有比"纯粹"一词更精当了。比如下面这首《原以为你不会今天来的》,全诗用语平常,却点铁成金。平常语精微地传达了感情生活,深入浅出,显现出语言的功力。

> 原以为你不会今天来的
> 所以什么也没准备
> 原以为你不会今天就走
> 所以什么也没在意
> 反正,夜正长
> 长得足以让我们从头做起
> 原以为会有不朽的东西
> 像长城永恒于世
> 所以什么也不珍惜
> 到底你还是走了
> 从外面
> 你永远关上了门
> 我来不及惊讶
> 就被留在
> 偌大的城市
> 空空的房间里
> 窗外,雨水打湿的街道和车辆
> 霓虹灯湿漉漉地闪烁
> 正如一颗心温柔地荒凉着
> 我疲惫极了

像大病告终

　　这是一首关于现代城市人爱情生活的诗。朋友在诗人未有任何预料、未作任何准备时不期而至。我们可以从诗的空白处读出诗人会有的惊讶、欣喜,因为诗人接下来说"原以为你不会今天就走"。我们甚至可以推想上次见面曾有的摩擦、龃龉,因此才有"夜正长 / 长得足以让我们 / 从头做起"的句子。但无论如何,这次会面应是预示着一个幸福的爱情之夜的开始。"会有不朽的东西 / 像长城永恒于世",诗人重情,相信爱情的永恒。但不直接讲爱情,而说"不朽的东西",很含蓄,有节制。但峰回路转,一声"到底你还是走了",就此结束这爱情之夜。"到底"、"还是"两词,既精炼地省略了这次会面时所发生的种种感情波折,又聪明地暗示这些波折的发生,更传达了一种无可奈何的情绪。"从外面 / 你永远关上了门",不止是指实在的居室之门,也是指心灵之门,情感之门。世界很辽阔,处处有芳草,但诗人情有独钟,遂被离去的朋友"反锁"在"门内"。朋友走了,诗人"来不及惊讶",走得这样快,就像当初来得那样突然。城市里今夜下起了小雨,雨夜里灯光湿润,房间里空空荡荡,诗人的心也"温柔地荒凉着",像这雨夜,像大病告终,疲倦极了,大起大落的感情生活实在太累人。"荒凉"且"温柔"这一奇妙的词语组合,准确而新颖地传达了诗人情到深处的寂寞。

　　这首诗写于 80 年代中后期,之所以要说明这首诗的写作年代,是因为"朦胧诗"盛行的当时,年轻的写作者们崇尚重大的诗歌主题和外在的修辞手段,而这首作品写日常生活中的爱情片断。写爱情却不滥情,甚至通篇未出现"爱情"这类字眼,虽然情有独钟,却表达得很含蓄、不矫情,我还没有读到过第二首这样的诗,这是因为每个人都有自己的爱情故事,还是由于诗人妙手偶得写出人心中有笔下无呢？反正这诗很独特。

　　布克诗歌的语言平常、简约，具有口语化的特征。不同于流行的口语写作之处在于布克诗歌是可以吟诵的，这是因为布克的诗歌不仅有意蕴，而且有内在的节奏和结构，下面这首《秋天日子》，通篇没有过多的修辞，平常的叙述之中却暗含了传统诗歌的起承转合。

　　　　记忆是一把黑色的伞
　　　　平常挂在角落
　　　　落满灰尘
　　　　下雨时，被打开
　　　　雨水顺着伞面
　　　　一滴一滴
　　　　滴下来
　　　　又在黄昏时下起雨来
　　　　黑色的
　　　　雨伞
　　　　湿漉漉地浮动

　　　　第二天
　　　　瓜市便冷落了
　　　　天气便凉了
　　　　好个秋天，阿多
　　　　我便想象
　　　　如果我们在一起
　　　　喝酒，聊天
　　　　看秋天的太阳

怎样一点点温暖地
升到冬天里去
最后变成外婆脚后跟的
汤婆子
我没见过外婆
阿多,我老想着她
脱光了牙齿
瘪着嘴
笑的样子
充满慈祥

　　开首的比喻出奇制胜,把记忆比作黑色的伞——不仅是伞,且是黑色的,意味浑茫浑厚——平时尘封,只是到情涌如潮时才回忆如水从黑色的伞面流下。由"伞"的比喻转而写当前"又在黄昏时下起雨来",闲闲地回到诗的本题。"第二天／瓜市便冷落了",这两节的结构叫人回想起陆游的"小楼一夜听春雨,深巷明朝卖杏花"。于是,诗人设想在这秋凉的日子里与朋友一起喝酒聊天,好天气里心情也愉快,看天高气爽,太阳温暖地旋转,直到秋去冬来。诗人又从秋阳的温暖联想到冬天里"外婆脚后跟的／汤婆子"。但诗人不用"我想起了……"这类笨拙的句式,偏说"看秋天的太阳／怎样一点点温暖地／升到冬天里去／最后变成外婆脚后跟的／汤婆子",想象里的时空轻松地转换了,表达得很聪明,颇有"蒙太奇"的味道。然而诗人说他并未见过"外婆",于是,这在使慈祥的外婆具有了象征意味的同时,也使诗添了几分凄苦。诗人似乎对人生路上的酸楚有很深的体会,也许正是这样,才对温暖和美好也更敏感和珍惜。"朋友"使人在这个世界里不再有陌生感,"秋阳"给人以暖意,"汤婆子"

在漫漫冬夜助人抵挡寒冷,而"外婆"乃是人生路上一切像岁月一样悠久、太阳一样温暖的物事的象征。这几个意象的核心都是"温暖",诗人想着温暖,希望着温暖、寻找着温暖。诗里化用了古典诗词句子,如"天气便凉了/好个秋天",显然是从辛弃疾"天凉好个秋"脱胎而来,但化用得很自然,为诗平添了书卷气。整首诗写得很清空,像秋水长天,又像丰子恺的一些情趣盎然、古朴生动的漫画,甚至还使我想起马勒《大地之歌》里一支描绘古代中国诗人在阳春烟景里饮酒赋诗的生活场景的曲子。

黄裳讲,文史学家柳冶徵谈天说地时夹杂着许多古代诗文的句子,大有旧时代学人的流风余韵。我读布克的作品,也有这种感觉,当然这并非讲布克是"旧时代的诗人",而是说,他虽生活在当代,大学里也修习过西方与中国当代的诗歌,但到底其身后还有一个深厚的民族文化,他从中吸取了养料。

布克写诗早,而出版集子则迟,2011年才出版了第一部诗歌集《魔鬼的舞步》,这本《陌生的城市》是他的第二部诗歌集。我是布克诗歌的爱好者,30多年过去,布克一直坚持着诗歌写作,而我则很早就落伍了,离开大学后,一俟踏入传媒行业,也就愈来愈远离文学,远离纯诗了……虽然很想再回去,然而心境愈来愈淡了。回不去了。在文学的路上,我已经落伍很久了。因此这也是我愿意经常阅读布克诗歌的原因,借着阅读布克的纯诗而不至于离文学、离纯诗太远太远。

前面之所以列举布克上世纪80年代的两首作品,一是想借以说明布克的诗歌经历了30多年岁月洗礼,在当今喧哗浮躁的年代尤显其纯粹;二是想借以向那个消逝的80年代,向那个业已谢幕的20世纪中国诗歌的黄金时代表达深情的敬意。最后允许我再次引录布克80年代初中期的一首诗歌:

我就这样见你
带着大胡子
带着鼻血
带着弄脏的灵魂来见你吗
上帝

没关系的,孩子

冬天。第一场雪
我听见雪慈祥地在说
我看见上帝这样洁白

《我就这样见你》,1984

面对这样好的语言和诗歌形式,这样好的诗的意蕴,我们惟有静默。在简而好的文字面前,我们惟有静默。在静默中聆听诗歌的天启。

2013 年 12 月 30 日,杭州

第一辑　陌生的城市
（2013—2000）

50年,是不是太久
我不再尝试
　　　——《七月的罂粟》

七月的罂粟

七月的罂粟
在你的花园里又开出
紫色的花朵
迎接今天新生的人

今天是你的生日
为所有生命庆生
生而后死

七月的罂粟
在你的怀抱里又合上
白色的花瓣
送别今天离世的人

今天是你的忌日
为所有生命祭奠
死而后生

哦,西尔维亚
任你拖拽,也拽不动

1963年,你黑色的长裙
你伤到我了,西尔维亚
我发着103华氏度高烧
从此没有消退

哦,西尔维亚
你缓缓拖拽的黑色长裙
在没人的地狱窸窣作响
我想起你了,西尔维亚
50年,是不是太久
我不再尝试

揭开那条餐巾
不会再有意外发生
你甜美、纵深的喉管
溢出罂粟花缅怀的芬芳
西尔维亚,我拧紧了煤气开关

2013/11/8

要 是 渴 了

要是渴了
你就张张嘴
要是尿湿了
你就哼哼声
别挠滞留针
时光不能倒置
鲜血却会回流

要是做噩梦了
你就睁开眼
要是恐惧了
你就拽紧我
别踢被子
总有尽头
在意外之外

要是累了
你就歇歇脚
要是厌了
你就松开手
不要回望

尘土陌路
舟行岸移

是聚是散
是始是终
是生是灭
暮霭尽处
烟雨古渡
车轮不转
山峰不回

秋之将至

秋之将至
树叶开始飘落
果子还没有成熟
在北方的洪涝过后
南方的稻田张开裂口

秋之将至
压缩机的轰鸣
搅拌最后的骄阳
铺撒在病榻
你眼角和手指的
每一个裂纹
你躺在那里
像静穆中开裂的
土地

秋之将至
残存的暑热
堆集秋天的格律和修辞
所有生离死别的人
我应该为你写一首诗

卸掉格律和修辞
用我的泪腺
浇灌你眼角手指的裂纹
那一片皲裂的土地

          2013/9

别再放纵,阿多

别再放纵,阿多
毕竟,这是自己的身体
我们发誓不爱
却一刻不停止做爱

抱紧自己,阿多
毕竟,这是自己的身体
我们决意回归
却毫无例外地重蹈覆辙

菲律宾热带丛林意味着什么
一个人的战争
最初的信念
最后的缴械
末路便是出路

一只青蛙在器皿中等待着什么
黑棋和白棋
一个人的对弈
一个人的奇缘
破除魔咒便是旷世诺言

这个设备简陋的房间

这个设备简陋的房间
古时候叫客栈
掀开窗帘,可以看见下面的小巷
狭窄而凌乱
水果店还没收摊
烟杂铺还没打烊
民工在打牌
夜游者在吃排档

七月,热烈而又寻常
灵魂佝偻着猫眼
肉体骤然间绽放
快乐缥缈在虚无时代的渴望里
快感汹涌冲刷年久失修的血管
当雪茄点燃夜晚
我总是劝服自己,这一切
这一切,与德性无关

2013

我向强盗请教

我向强盗请教
逻辑问题
他狠狠掐灭了烟蒂
戴上墨镜扬长而去

我问泌尿科大夫
什么是忠贞不渝
他将乳胶手套扔进废物箱
头也不回地说：把裤子拉上

我劝一个老邻居
不行就做手术吧
他无力地摇着头坚定地说，肿瘤
就像朋友，阵阵作痛却难以割除

告诉我，心理学教授
如何才能心止如水
他对着镜片使劲哈气
随后关闭了电子讲稿

我心情糟糕透了或者简直没有心情

从客厅走到卧室又从卧室回到客厅
仿佛穿过无数世纪的废墟
记忆的童年,旧屋和木梯

阳历的某一天总是阴历的另一天
秋日的某一天终是冬日的前一天
你渴望的某一个词在汉语里已经无从查找
穿越城市盲目的喧嚣是你不敢张望的深渊

2013

真　　相

真相
真相里面的真相

谎言
谎言背后的谎言

你端坐在我的面前
或者侧卧

艾蒿一样茂密地生长
烟尘一般急速地聚散

从出发地到目的地
上帝那么贴近又多么遥远

2013

在陌生的城市

在陌生的城市
我看到了熟悉的街景
路人的嘴脸
身体的记忆

天空还是床单
高悬还是蜷缩
真实而不可触
你剧烈的抽搐

心的距离
身体和身体的距离

2013

谁向谁告别

谁向谁告别
从一个页面到另一个页面
从一个舞台到另一个舞台

同每一个陌生的人搭讪
向每一个路过的人致意
与每一个讨厌的人握手

在发酵的喧哗中
驻唱歌手紧闭双眼
在舌尖上舞蹈

碎片
语言的碎片
从蜷缩的双肩抖落

像雪片
这深冬的雪片
是你的呼吸

我是谁

在每一次卸妆之后
在每一次登台之前

谁是我
在候场与卸妆之间
是飞禽、走兽还是爬虫

谁在告别
向谁告别
谁向谁告别

         2013

农历二月,我来到故乡

农历二月,我来到故乡
一群人正在哭丧
我必须流泪
因为逝者也是我的亲人
我看着棺木被重重举起轻轻落下
那些翻开的泥土,近乎红色
撒落的纸花是白色的

我走在故乡的土地上
走在布满亲人躯体的土地上
谁也不知道我在想什么
这些人都是我的堂亲表亲
没有节日将我们聚集在一起
直等某一位亲人去世
彼此才得以团聚

总是在没有准备的时刻接到亲人的死讯
总是在回乡的路上才觉得故乡那么遥远
在生养我的城市我如同异乡客
回到故乡我又成为一个陌生人
我听不得你亲切的称呼

我见不得你困顿中的笑颜
觥筹交错中我不能和你一起欢喧

就这样我来到故乡
农历二月是杯中酒
撒落成河,灌溉我的身体
农历二月是条河
一条没有出口的河
像脉管在我体内
喝干了斟满,无限循环

2013

鸟儿飞离的时候

鸟儿飞离的时候
童话从森林消失
因为你的背弃
溪流不再映照月亮
青山不再印刻太阳的侧影

窗外街景如汹涌的潜流
昼夜游戏令我失掉积分
即使你悔悟
葬礼也如期举行
如果这就是命运
谁也不能得天独厚

2013

什么时候我才能回到你的旧屋

什么时候我才能回到你的旧屋
在午后,院子里
无花果树下
你抽着卷烟
摇着蒲扇
阿咪跳下灶头
悄然蜷缩在你的脚下
阳光照耀你夏日的皮肤
像一块画布
哦,我父亲的父亲
你生在这里,葬在何处
杂草丛中开满了茑萝
这些红色的白色的五角花
清早还盛开着
不等我找到你的下落
他们就柔弱了
是否待到明天
或者明年夏天
他们才再一次盛开
如果这就是宿命
那么死去的是你还是我

活着的是我还是你
在骄阳尽泄的这一个午后
在你抽着卷烟摇着蒲扇的这一时刻
我是否已经存在
我们是否已经离别
注定的存在
注定的生离和死别
仿佛红色的白色的五角的
茑萝,绽放
只为迎接枯萎
表哥已经老得像严顺开
年轻时候他多像濮存昕
临行时他再一次拽着我留宿
哦,我父亲的父亲
新盖的小楼已不是昔日的旧屋
那只小机灵从瞌睡中蹿到门口
来回嗅着我的双脚
表哥告诉我
他的名字也叫阿咪

2013

耻辱柱环绕着广场

耻辱柱环绕着广场
我在广场四周游荡

我不曾期待你的出现
每个人是别人的猎物

街心花园的椅子空无一人
上面拥挤地坐着许多孤独

我只想在你面前多站一会儿
这个城市没有我存身的地方

2013

布克先生的心脏

布克先生的心脏
位于胸腔的左侧
这就注定了
布克是一个左翼分子
听从你的召唤
但你迟迟不肯
召唤

布克先生的心脏
像一只握紧的拳头
这就注定了
布克是一个拳击手
等待你的出手
但你久久不肯
出手

就这样平举双手
就这样紧收下颌
目光在双臂间汹涌
冲向你的鼻尖你的胸肌
和你的步法

直视你,来来往往
直视生活,周而复始

2013

谁跨过了

谁跨过了
谁的身体

过道的光线
窸窸窣窣

从门缝钻进
没有窗户的房间

谁捆住了
谁的身体

卫星的碎片
噼噼砰砰

从太空砸向
没有居民的小镇

几率
二十五万分之一

提篮桥的桥

提篮桥的桥
是用竹篾编制的
挎着提篮你走过
轻盈走过
或者蹒跚走过
结伴走过
或者独自走过
走过去少妇
走过来老妪
一点贡品
几炷香烛
提篮桥的天高不可测
飘荡着你的诵经声
夹杂着几缕清香
和远方渔场的海腥气息

提篮桥的天
是由高墙隔开的
像狭长狭长的走廊
又像正正方方的铁栏
挎着提篮你在墙下走过

走过嘉庆走过道光
走过咸丰走过同治
走过光绪走过宣统
走进民国
走不进水泥钢骨和铁壁

我独自走在2013年的酷暑
一个年轻的犹太人向我问路
手里拿着一张破旧的地图
提篮桥,再没有提篮
再没有提篮的人走过
高墙依旧铁栏依旧
诵经声声依旧
香火袅袅依旧
城市生活失去了什么
一座桥
桥上的提篮
提篮人似曾走过

2013

地　图

地图
是城市的记忆
那些拆除的老房
那些废弃的路牌

一些重要的建筑
被保留下来
成为文物
成为景点

你向我走来
你从我身边走去
没有人因为重要
被留下来

成为蓦然回首时
黑暗深处的一道光束
成为无题的诗句
被省略的标点

诗歌

是城市的梦呓
我在你的字里行间
潜行

2013/9/13

让声音安静下来

让声音安静下来
让光线暗淡下来
让时间停顿下来
旋转的楼梯
弯曲的走廊
密室之门
暗藏玄机

一切正在进行
从痛苦深渊冲向快乐的峰巅

让音乐摇滚起来
让影像清晰起来
让时间转动起来
弯曲的走廊
旋转的楼梯
进得去的门
回不去的路

一切已经结束
从快乐峰巅跌落痛苦的深渊

2013

我想成为一名乡村教师

我想成为一名乡村教师
面有菜色,却精神矍铄
虽然寒酸,却有点清高
没有太大的学问,却倍受村民敬重

我想成为一名乡村教师
最好娶一位乡村医生为妻
为行走不便的老人出诊送药
还经常替他们垫付药费

工资拖欠着并不是什么紧要的事
屋前屋后没有竹子也不见得凡俗
空余处可以随意种些时令蔬菜
闲暇时与觅食的小鸡一起踱步

咳,阿多
不是我不愿和你并肩而作
收拾起家当
原本我也是此中人

告诉我,阿多

哪里蒿艾气如薰
谁家煮茧一村香
我不再有耦耕身

2012

偶然经过一片墓地,却发现

偶然经过一片墓地,却发现
诗人的墓碑与他人并无二致

一排排形状各异的墓碑
一个个封闭循环的圆圈

前一个圆圈,后一个圆圈
在晴空下,在雨雾中

后一个圆圈,前一个圆圈
在前行时,在回望里

你终于走出,这一个个圆圈
你终于回归,这一个个圆圈

书柜里存放着
你金黄的诗集

在玻璃的橱门内
在一本本旧书间

你的手掌朝着天,还是向着地
刻写了过去,还是预示着未来

今日的印象,是不是昨日的风景
过去的诗人,有没有未来的读者

2012

我站在原地

我站在原地
并不代表着
在等你

我走遍每一处角落
并不意味着
在找你

甚至你我之类的用词
并不指代
任何意义

2012

7月11日下午

7月11日下午
天空低得
触手可及
等待中的雨
等待中的铃声
一点点动静
都会触动
全部神经

向所有得到告别
一切的拥有
必将丧失

向所有离叛告别
一切的丧失
终将复得

放弃所有期望
当一切可能来时
请准备好说不
或者是

放弃所有绝望
当一切不可能来时
请大声说是
或者不

用同一种声音说是
或者不

用另一只眼睛看昨天
或者明天

注定的成败
都完美无缺

2012

门的里面是另一扇

门里面是另一扇
门,台阶上面是另一道
台阶,风过回廊
的尽处,是另一条
长廊

我如何能够扣响
最后的门环

你的殿堂
我的囚笼

2012

当你转身

当你转身
是回心
还是诀别

交叉的路口
通向遥远
茂密的树林

我看见一座草庵
端坐其中的人
是我

2012

你的站台

你的站台
轨道交集

似动不动
不动似动

下一个站点
白色信号灯

总有人下车
总有人出行

在新一天扑面来临之前
我终于读完昨天的晨报

2012

我呼吸着,却感受不到空气

我呼吸着,却感受不到空气
的流动
吸入和呼出
屏蔽的风

我行走着,却感觉不到土地
的延伸
收缩或舒张
无法攀援的墙

锁定的账号
是通向地狱
永久的口令
Treadmill,Treadmill
不停行走,却无法向前

当我出生,阿多
便注定是你的
囚徒

2011

还有多少级台阶

还有多少级台阶
通往天堂
通往天堂的路
总是太窄太长

你如履薄冰
却身不由己
地狱之门
总在一念之差,一步之遥

2011

甜蜜的言语

甜蜜的言语
亲密的肌体
凝视的目光
都是虚假的符号

气味
真实地存在
无论何时
都不受控制

从喉管的
纵深处
到每一个毛孔的
细微处

无论你绽放
还是糜烂
无论你优雅
还是狼狈

无论你留下还是离去

他都在你走过的地方
浓密的晨雾
一道微弱的光亮

2011

那 一 刻

那一刻
人流突涌
我唯独不见你的踪影
骊歌响起
我们走向明天
还是回到过去

那一刻
记忆如潮
我唯独想不起你的名字
电视里不断重复着晚安曲
如果没有明天
就让我独自回到过去

那一刻
狂风骤起
我在汹涌的人海中抱守残缺
像潜逃的妇人腰缠细软
我可以没有明天
如果过去无法链接

2011

在每一次修剪完指甲以后

在每一次修剪完指甲以后
我开始抽烟

我企图剪断
这些肮脏的手指

它听凭于
欲望

那一刻
门锁暗动
熏熏然的烟雾
夺门而出

2011

下 一 个

下一个
只是同一个

这一次
如同上一次

昨天
很遥远

前天
也是

明天呢？阿多
还有后天

2010

你在哪一条路上行驶

　　你在哪一条路上行驶
　　又在哪一个路口拐弯

　　你揿响哪一个门铃
　　又从哪一个房间逃逸

　　你无所遁形
　　你必将束手就擒

2010

当河床干涸

当河床干涸
总有一股清泉
在乱石缝中
汩汩而出

当万籁俱寂
总有一些呻吟
在广场四周
跌宕起伏

夜空悬浮着
兴奋的颗粒

2009

牙 科 大 夫

牙科大夫是个法西斯
他手持针筒冲向
我的牙床
酒精和樟脑的气味
使我格外清醒
他动用了全部的武器
探针、牙挺
镊子和锤子
他拿起一件又放下另一件
器械击落托盘
发出古战场金戈铁镫的声音
倾斜的天花板蒙住我的眼睛
摇摇欲坠的白墙将我围堵
刺痛、肿胀
和酥麻
叮当
你把我的牙齿丢到哪里了

我的第一只乳牙呢
我的最后一只乳牙呢
你把它扔向天空

滚落在旧屋
屋檐和瓦片之间的
衰草中了吗
我痛得哭了吗

我苦苦等待
燃烧室的门
重新升起
我细听你的皮肤
在吱吱作响
我能否等待
等待与你黑洞洞的眼眶
最后一次对视
我能否等待
等待与你的形状
最后一次抱拥
是谁在用铁锤
敲击
你的头骨
腿骨
和我的
心
我用火夹
在骨灰中挑拣
在经历了氧化
和分解
在经历了冷却

和捶击
那一颗牙齿
竟是你唯一
的完整

感谢你,大夫
你没有把我捆绑在椅背上
像保密局的打手通常做的那样
感谢你,大夫
你没有割断我的喉管
这种事情不是没有发生过
感谢你,大夫
你不是法西斯
不是刽子手
你用棉花球
堵住我的牙洞
我仿佛含了铅块

从此我不再抬头
不再遥望故乡的方向
不再将飘来的云想象成
丰收的棉花
棉花被血染了
铅块一样沉重

2008–2009

总是不小心

总是不小心
总是不小心烫伤
被春天乍泄的辰光
被夏夜没有燃尽的蚊香

在冬日午后
当我掐灭烟头
不经意间,再一次
烫伤

秋天,我如此钟爱的
秋天,我却没有庭院
和池塘,迎接你的
万叶千声
没有台阶和楼阁,装点你的
暮霭寒烟

我小心翼翼,阿多
似砧杵敲残
似梧桐飞落
你密密麻麻空空洞洞的

喘息，还是将我烫伤

2008

再见,阿多

再见,阿多
穿好衣服
系上鞋带
我们走进相反的
夜色阑珊

哦,下雨了
雨下了
我以为是下雨了
该死的雨
真的下了

那些影子
影子的碎片
随刮雨器
来来回回
模糊了所有箭头

所有箭头
指向并不存在的
前方,我看见大海站立着

向我走来,我听见群山迈步
离我而去

大海终将退回原处
群山或将重新屹立
阿多,失去最后力量
才如此真切地存在
活着,并不是奇迹

        2008/8

你静穆地躺在那里

你静穆地躺在那里
躺在那里的是你吗
人们庄严地将你抬走
被抬走的是你吗

门开启
又关闭
阻隔我们的
是火吗

门关闭
又开启
连接我们的
还是火吗

灰烬
散发着余热
你从此安顿
从此自由了吗

2008

我 怎 么 了

我怎么了
大夫

这并不重要

我只想听到
你的声音

2008/8

原来，故乡

原来，故乡
并不属于我

在城市的浅滩
我不能走得更远

我生活在
昨天的梦中

没有路
通向那里

2008/2

我押解着自己

我押解着自己
走向人民广场

人民在沿路
围观

2007

打烊以后

打烊以后
你忙着清扫店堂

临睡之前
我清洗着创口

我如此伤痛
以致不再恐惧

对于你
对于明天

2007

道 路 养 护

    道路养护
    高架被封

    你说你回去吧
    我说我回去了

    青白的曙色
    金黄的尘埃

2007

我不能将你删除

我不能将你删除
也无法重新命名

城市
是偌大的回收站

期待着
清空

2006

翻遍通讯录

翻遍通讯录
我只能找你聊天
午夜星光多灿烂

不必回复,阿多
我在你找不到的
草稿箱

2006

孤枕难眠时

孤枕难眠时
你不妨抱起另一只枕头
孤掌难鸣时
你可以用右手拍击左手

所有遗失
原非固有
一切拥有
未必期许

天空泛白时
星斗迅速转移
但不显现

暮霭沉沉时
南方格外空阔
却转瞬变得混沌

无论阴晴
也无论圆缺
湖面笼罩着月色

沟渠也辉耀着月光

2004/11

我见过我的祖母

我见过我的祖母
在我门牙还没长齐的日子
她已脱落了所有的
伶牙俐齿
我趴在她的膝下
叫过她奶奶
渴望她的
慈祥

我没见过爷爷,我父亲的父亲
在我未曾经历的岁月
他酗酒、嫖妓
当最后一斑锈迹剥落
那暗绿色的烟枪
变成我童年的旗杆
黑色的旗帜
在想象的风中
拒绝飘扬

如同一面空镜
向我显现所有影像

我贴着自己的脸
这是一种
从未亲历的感觉
使我忘却之后
能够重来
使我迷失之后
能够还原

抱着身体的浮板
在愁雾浩渺的水面飘摇
乡关何处
在镜中
在镜外

2002/2

加勒比海的熏风

加勒比海的熏风
吹动了你的胡须
和你的长发飘飘
在哈瓦那湛蓝的天空下
和玻利维亚的密林中
像一面旗帜

加勒比海的熏风
点燃了你贝雷帽下的
雪茄,像不灭的灯盏
照彻拉美
照彻非洲
欧洲和亚洲

波尔布特死了
你活着
卡斯特罗老了
你英姿勃发

在通向未来的路上
你是叛逆者

和情人

2001/4

当太阳坠落

当太阳坠落
在你黑色的海域
溅起血色的黄昏
黄昏的血色中
一只青色的海鸟
飞过,频频回首

当月亮升起
在你空阔的梦中
掀起波涛汹涌
汹涌波涛中
一只白色的纸船
驶发,不再回头

战舰沉没
因为它用钢铁铸就
白色的纸船永不沉没
因为它承载着灵魂

2000

第二辑　残　　局

（1999—1987）

巴别塔在哪里
我们如何看到
上帝
　　　——《并非为了理解》

树叶飘落 树叶生长

树叶飘落,树叶生长
周而复始是一种假象
散落的树叶
怎能归拢
在二十年后的深秋
风中白云

风依旧是自由的
云依旧是自在的
风起云涌是一种假象
尽管秋天依旧
在你的渴望中重现
二十年的风和云淡

再没有亲切的称呼
温暖的物事
仿佛有过

1999

当 动 词

当动词
再一次生动
我无力抗拒你的
起飞
任凭你
纷至沓来

在这个
被围困的
午后

当飞流直下
橙色的水珠四起
缀满你的天空
照落你最后的
矜持、尊严
和无耻

名词,最后的
名词
无以名状

1999

吹过去的是风

 吹过去的是风
 飘过来的是云
 岁月的车皮
 满载记忆
 呼啸而过
 你还在那里
 我却在这里

 总以为山与山相连
 总以为水与水相通
 兀立的山峰
 眺望的心思
 潺潺的河流
 当它们汇合
 并非本意

 开始便无谓
 结局更枉然

1999

卡斯特罗老了

卡斯特罗老了
卡斯特罗老了吗
卡斯特罗不老
胡子花白了
军装褪色了
卡斯特罗走在你的最前列
古巴,愤怒的古巴

古巴,愤怒的古巴
卡斯特罗走在你的最前列
军装褪色了
胡子花白了
卡斯特罗老了
卡斯特罗老了吗
卡斯特罗不老

1993

你好吗,叶利钦先生

你好吗,叶利钦先生
你的心脏还忠实于你吗

肉体的背叛算得了什么
既然灵魂的信约
会毁于一旦

那么,我还相信什么

当你的右手按摸住
胸口,你能感受
它的动律吗

你好吗,叶利钦先生
你的灵魂仍忠实于你吗

如果人类有灵魂

1991

夕阳照在北太平庄

夕阳照在北太平庄
也照在铁狮子坟上

守望西南楼
守望西南楼的老树枯藤

当暝色涌入楼道
那黑色的精灵
还殷勤地
探看吗

1990

去杭州吧

去杭州吧
等下一次雨季来临
在没人的雨中
走过长长的苏堤
太多的思想
变成远山,沉睡着
却起伏不停
太深的情感
化作湖水,流动着
却一平如镜

等下一次雨季来临
真的去杭州吧
在没人的雨中
走过长长的苏堤

1990

并非为了理解

并非为了理解
上帝创造了
语言

不同的语言
无法穿越的
荆棘林
和雷区

无法抵挡的
逆光
无法承受的
风雨如晦

告诉我,阿多
用你的手
用你最初的沉默

巴别塔在哪里
我们如何看到
上帝

1990

风把所有的梦

风把所有梦
从广场
卷向角落
漫天尘土
涂改树的
颜色
不记得有什么消息激动人心
那一年春天
一张寻物启事
便是重大新闻

也有风和日丽
也有天高气爽
便呈现出一条胡同
一个牌楼
一座四合院
一点点的温情
从笑的唇边溢出

幸福
是你磨牙的声音

1989

谁来收拾这副残局

谁来收拾这副残局
我们抵足而谈
却听不见彼此的
声音

床榻
家具
每隔一段时间
冰箱便沉沉作响

穿好衣服
放我回家

1988

飞过去的是一片云

飘过去的是一片云
飞过来的是另一片云
急驰而去的是一排树
突奔而来的是另一排树
依旧是往年风景
历历在目
却一晃而过

怕是黄昏怕是高坡
怕是陈子昂怆然涕下
怕是李商隐追逐斜阳
暮霭沉沉西天空阔

昨天这时候你在外滩挤下巴士走向轮渡
今天这时候你独坐 22 次看京沪线一路风尘
但天天这时候 22 次从上海开往北京都有人坐着发呆吗
但今天这时候外滩的巴士轮渡还拥挤如昨吗

诗人说
离离原上草，一岁一枯荣
诗人还说

青阳逼岁除,白发催年老

我不希望轮回
不希望二十年后又是一条好汉
像这趟列车
从上海出发叫 22 次
在北京掉头便是 21 次
这足够无聊

车灯亮了
我伸出手
抚摸黑的风
我把冰冷的指头
放在你的下颏
但你在哪里？阿多

1988

新街口的小酒店

新街口的小酒店
如今在哪里
四方的桌子
长长的板凳
充斥着乡下小贩的
划拳声和烟草味

护城河桥下
拉风箱卖馄饨的
江南姑娘
在哪里
一本正经的京腔里
泄露出吴侬软语的亲切

太平庄摆地摊
刻图章的残疾小伙子
当年刻下我们的名字
如今又在哪里

红楼影院,那干瘦的老头儿
在哪里

高高的草杆,诱人的冰糖葫芦
酸里透着多少甜呢

胡同口的瘪嘴老太
又在哪里
那颤悠悠的声音
深秋还在叫卖
小豆冰棍儿

还有那架又旧又破的油印机
那些油墨喷香的夜晚
还有天天在一起的朋友
那些争论不休的话题
如今,都在哪里

初冬的天空
又响起晴蓝的哨音
我抬头寻望
灰色的鸽群
却不见他们的踪影
我拍打自己的翅膀
沿着美丽的呼唤
遁入他们归去的地方
却迷失于归途
像可怜的羔羊

1988

冬天是一顶银灰的绒线帽

冬天是一顶银灰的绒线帽
冬天是一只红红的大鼻子
冬天是你浅浅唇须上
点点的雪珠
冬天微笑的时候
呵着潮乎乎的热气
冬天因你而在,阿多
冬天向我伸出
瘦瘦的
暖暖的
你的手

冬天是暖气片上的
球袜
弥散着亲切的
汗臭
直到午后
阳光才斜斜地照进
西南楼
照到玛丽莲·梦露
横卧在你的床头

冬天很好
梦露很好

哦,西南楼
我灰色砖墙的西南楼
你楼前的花园
冰凉的水泥凳上
还残留着过去冬天的
体温吗

       1988

走 进 剧 院

走进剧院
戏已经开场
我找不到位子

大街小巷
商店都已打烊
我买不到所求

四通八达的高架
令我再一次迷失方向
告诉我,阿多
下一个出口
它通向哪里

隧道,灯光崭亮
顿然消失的天空
是否依然升起,阿多
我们的每一个里程
是不是只为了远离
而永不抵达

1987

在渡轮的船头

在渡轮的船头
在地铁的出口
总是不期而遇
你拍拍我的肩
你抓住我的手
你挥之不去
又召之不来的
魔鬼

当我醒来
当我睡去
你总蓦然闪现
比阳光灿烂
比月色撩人
你无时不在
又无恶不作的
魔鬼

我把生命
交给上帝
为何落入

你的爪中
魔鬼

                              1987

海

永远退到远处
一个喧响的梦
萦绕着我
让我安眠于
你的波浪之床
让我潜行于
你的水底长廊
让我呼吸你
犹如呼吸
自由的空气

当我抬头凝视
你,再一次越过长堤
深远而浩茫的
海啊

1987

春天从窗下走过

春天从窗下走过
我向他颔首致意
目光却越过
高楼,大街和小巷
寻找冬天
寻找一位
失去的朋友

四季呈现了宇宙的
运动和秩序
我却像一只抽屉
无法收拾

四季从窗下走过
我看见冬天正走下
远处的山坡
飘飘洒洒的雪
在清清冷冷的梦中
稀烂如泥

1987

黄昏跨过阳台的栏杆

黄昏跨过阳台的栏杆
暮色紧紧贴住窗玻璃
闪烁起夜的眼
你孤独的脚步
响彻狭狭长长的隧道
坚信明天
会在出口处忽现

但我异于你
从小就异于其他孩子
我喜欢一个人幻想
当市声在脚下
落潮般退去
告诉我明天在哪里
他是不是另一个样子

1987

看不到远方变黑的群山

看不到远方变黑的群山
暮霭,霓虹
活的鬼死的人乱舞相撞
红的酒绿的酒,载我去何方

半睡半醒,半明半寐
你又悄悄来访
问我此生有几回
醉眠时光

是的,阿多
年是新的
却是太旧的心情
像现代童话

1987

第三辑　想起初三年级的作文题

（1986—1983）

　　　　不一样的开头和结尾
　　　　却是一样的起承转合
　　　　二十年就这样过去
　　　　二十年就这样开始
　　　　　　　——《想起初三年级的作文题》

城市高楼

城市高楼
圈成生活的
浅滩

中山北路的道口,红灯
绿色风尘
呼啸而过
沿着铁锈的路轨
能通向你吗? 阿多
世界如此联结着
同样被阻隔

蓦然回首时
才真确地感到
离别的旋风
把一切都吹散了

1986

最后一片树叶

最后一片树叶
残留在风中
迟迟不肯
掉下来

我也一样
无可挽回
仍不放弃
希望

在一只清代的瓷瓶上
总是暗自神伤
多么美丽的
裂缝

1986

昨夜星辰

昨夜星辰
在天边隐现
你将去照亮
另一半天空吗,阿多
今天夜里
你是否依然升起
你是否一样感到
只有黑暗中
我们才寂寞地
辉耀
太阳升起来了
我们是否注定了
消失

1986

你从哪里来,阿多

你从哪里来,阿多
是你推着铁箍
推着斜阳下山的吗
我们像孤儿
天黑也不知道回家
路灯亮了
世界更加暗淡

有一天,我们突然长大
突然在推铁箍的地方相遇
我想起流逝的童年
手指甲黑乎乎的童年
但你竭力显示出
素有教养的样子
你说,你新近当了厂长
你说,你正在推行一项改革
你问我,过得怎么样
你又说,老朋友了,经常来往
你摇了摇我的肩膀

哦,LDS,LDS

对于朋友
对于生活
我已厌倦
厌倦至极
我把歪歪斜斜的诗写在
电线杆上
我搞不到吗啡和注射器
真想请你帮忙,阿多
但我不敢对你说

最后,你跟我老练地握手
郑重地再见
神态活像我们处长

1986

你快活吗,阿多

你快活吗,阿多
我不快活
那是 1963 年
以后再没快活过

儿时的伙伴
一个个变成赌鬼和色鬼
想起他们
我就满面灰尘

我碰着你了吗,阿多
我弄疼你了吗
你还活着吗
我健康快活的伙伴

我不快活
从小不快活
活着
但不快活

1986

折磨我的办法

折磨我的办法
只需在我进门的时候
你头也不抬一下

那是另一半我在低三下四
现在,我已把他推翻在地
踩在脚底

当我受尽了折磨
并且感到屈辱

1986

站 在 街 角

站在街角
我拣起地上的石头
藏在屁股后面

交出来吧,老师说
于是,我们乖乖地交出
玻璃弹子
和弹弓

现在,我不
这是我唯一的武器
对付你的袭击

1986

从怀里拽出空的酒瓶

从怀里拽出空的酒瓶
我们假装醉了
橱窗玻璃照着
我们一天天瘦下去
世界却一天天胖起来的样子
回头的一刹那
还能看见你鬼笑吗
阿多?横穿马路
警察的手势
我怎么也看不懂
满街都是违章罚款的牌子
摸摸口袋里没有几分钱了

大把大把抓着
万花筒的碎片
我们也快要碎了
夜行货车的前灯
像探照灯从前沿高地
扫过你的面孔
我们相对而卧
屏息听抽水马桶

下水道的声音
如万马奔腾
喂,阿多
听见没有
那边响了,山响
他们屁滚
尿流

1985

我的朋友我的好朋友

我的朋友我的好朋友
在一起的时候
我们爱上酒楼
无论高兴
还是失意
我们爱上酒楼
那些日子
让酒漂走
我们不醉不休
但我们烂喝不醉
那些日子
都让酒漂走
我们才二十四岁
三岁我们开始撒谎
七岁时学会高喊口号
十岁时我们满嘴酒气
但现在，一喝就醉
一醉就在杯子里寻找过去
其实我们才二十四岁
仿佛回到昨天
恍惚要到明天

但今天呢,阿多
存在,还是虚构
凭着二十四岁的年龄
我们一喝就醉
一醉就感伤起来
像伤心的老头
杯子里只剩下酒了
所有日子
过去和未来的日子
都让酒漂走
其实,我们才二十四岁
我的朋友我的好朋友
不在一起的时候
我独上酒楼

1985

你要我说什么呢,阿多

你要我说什么呢,阿多
易逝的童年
还是长大的男孩
大楼正一层一层增高
戴安全帽的工人
在脚手架上
那么高
又那么小
你要我说,瓦蓝的空中
黄色的安全帽是怎样
飘呀飘的吗
建筑队又迁往别处
他们四处建楼
按照图纸
而我站在那里
辨识冲刷掉的血迹
大楼一座座建成
也一座座消失
无论多么高入云霄
无论多么雄伟壮丽
大楼都是既定的样子

但说这已经没用
真的没用

1985

想起初三年级的作文题

有一首歌唱道再过二十年
二十年已经过去
厨房里你大手大脚锅碗瓢盆发动一场战争
把李谷一弄得声嘶力竭再也听不清楚她唱什么
荷包蛋煎糊了这很有趣要不就闲极无聊了
每当乒乒乓乓争吵就如同轰轰隆隆雷响
然后哗哗啦啦的雨
然后一碧如洗
你就想起许多神圣的字眼比如理想和信念比如热情和憧憬
想起远洋水手想起地质队员
想起巴黎地铁车站的面孔想起麦田守望者
想起初三年级的作文题
语文老师不住地喘气不住地催促还有五分钟
最后五分钟你决定流浪沿着黄河的声音黄河的岸
沿着草地的风沿着雪山绵延的方向
像一朵云
不缠绵一座奇峰
不依恋一池春水
思慕渴了化作雨
期待久了蒸腾作云
作文本上留下语文老师颤抖的字迹

像后来水门汀上的血渍
高温季节连梦都中暑
树被剃得精光像他不屈的头颅
墙角落鸡正在密谋
瘟疫开始流行
你一个人穿过毒辣的街道
阳光下不见自己的影子
你忍不住想起二十年前的作文题
所有开头都那么认真包括误会
但二十年过去你觉得无谓
也许有一个人让你觉得眼熟
也许有一个声音令你蓦然回首
再过二十年你会变成什么样子
会不会像语文老师那样不合时宜
二十年后的老师会出什么样的作文题
二十年后的少年又应该如何审题立意
不一样的开头和结尾
却是一样的起承转合
二十年就这样过去
二十年就这样开始

1984

从清早开始

从清早开始
我就出发了
不知道要去什么地方
只想走出这个城市
走过红灯走过最后一个岗亭
走过郊外的一片白骨地
我向戴草帽的老人问路
他却听不懂我的话
等我再回头想看一眼这古怪的老头
那树墩上却什么也没有
我对风说让我跟你走吧
风也不知所措随处飘荡
走过凌乱的星空
走过了一座破旧的茅屋没有门窗也没有灯光
从清早出发我又回到清早
我想起可怜的地理老师
他闭着眼睛在讲台上不停自转
嘴里不住地嘟囔
地球是圆的
从某地出发必然回到原地
于是我又走过那一片白骨地

走过城市第一个岗亭在这里我必须等待绿灯
风对我说归去归去
听起来像哭
我想我会简单些
我会颠顶些
答案甚至问题并不存在
或者俯拾皆是
而脚上磨起了泡泡
但还必须穿鞋不能赤足

1983

生活教给我忘记

生活教给我忘记
忘记眼前的浮云它任自飘来又不时飘去没有踪影
忘记夏天的阵雷当它巨大地响过又终于复归沉寂
忘记每一个节日,节日的下午我心灰意懒
忘记每一次梦动,醒来我总烦躁不安
没有形状没有颜色没有音响你可爱的秋天
像我的忧伤我的渴望我的挣扎我的追求
像我无法超脱的茫然
忘记那长长的路,它通向一片草地
忘记太阳落山的地方站台多么拥挤
既然世界和站台一起后退
从此开始忘记
忘记上帝,如果他创造了一切又为什么统统毁灭
它并不存在,当我已经忘记

1983

睡午觉的时候

睡午觉的时候
做了一个梦
梦的系列
四面八方的水汹涌奔来
我变成漩涡
一朵飞转的漩涡
醒来,谁知道醒来做什么呢
生下来活下去做什么呢
逛逛大街散散心去
最好碰上一起殴斗
围了许多人
让匕首飞来把
或者一桩殴斗事件
哪怕我躺在血泊中
反正有许多人围着
布告栏换上了新的判决
数一数多少人死刑无期徒刑
因为强奸轮奸
因为杀人抢劫
不然因为别的什么
竟或是小学同学

不远的咖啡馆
临窗来一杯
辨识街上的行人
如果在梦里见过
天渐渐暗下来
终于夜了
去完成
再不迷惘

1983

我 祈 祷

我祈祷
对着南去的风
为每一个夜晚
不再缭绕色彩和喧响
淡静而安详
不再激荡的心
每一句晚潮的叮咛
每一只夜泊的眼睛
海,一面蔚蓝的旗帜
船帆一样属于海空
属于海空水鸟的歌唱
每一次小街深处的握手
每一对风雪夜的热恋
所有相逢
都不被忘怀
所有相识
都只恨太晚
我祈祷
为远去的
走向十字路口的
背影

1982

附录

沉潜与离叛

加 陆

一

胡适先生两只蝴蝶的翅膀,掀起新文学运动的飓风。从古典诗歌中破茧而出的新诗,在它面世伊始便充当了新文学运动的旗手。这是胡适的蝴蝶效应。在此后的民族独立与解放运动中,不同流派的诗人以各自独特的音色和声部加入到时代的合唱之中。在这多声部的集体大合唱中,田间以其独具的雄性气息被誉为时代的鼓手。田间从主题到形式,为现代汉语诗歌注入了全新的元素。与田间不同的是何其芳,浅吟着梦歌的何其芳在走出温柔多感的梦中道路之后又低唱起与圣地延安极不协调的夜歌,在自我表白和忏悔中,让人们看到了人的灵魂开始在现代汉语诗歌里挣扎。

1949年进入了极度高昂的颂歌时代,在不无欢欣地歌唱完《伟大的节日》之后,何其芳选择了沉默。之后的《回答》遭到粗暴的斥责,成为他新诗创作的绝唱。何其芳惶恐的回答,做出了向诗坛落寞挥手的姿势。一代诗人从此无奈转身或遭遇放逐。无独有偶,北岛创作于1976年的《回答》表达了对此后20

多年极端政治意识形态和国家主义道德的质疑。何其芳迟疑而忧伤的回答预示了一代诗人的隐没,北岛悲愤而冷峻的回答则标志着新一代被称为朦胧派诗人的崛起。北岛以其独特的诗歌品质宣言了与一个时代的诀别。现代汉语诗歌在充当了新文学运动的旗手、民族独立与解放运动的鼓手以后,再一次担当了思想解放运动号手的角色。

崛起的北岛们并非前无古人,那些被压制或被放逐的诗人唱着归来者的歌,找回了昔日王者的交椅。急于确立自身地位的北岛们扬言要将艾青送进火葬场并在臧克家的名字上打上黑框。在对前辈诗人缺乏起码的敬意和善意时,他们丝毫没有意识到自己绝非后无来者,新生代诗人以其人之道还治其人之身,PASS北岛一时成为新生代在这场话语权争夺中的接力武器,诗坛呈现出"城头变幻大王旗"的非凡景象:流派蜕变为山头,交流降格成展会,争鸣沦落为口战,诗人异化为诗歌人物。1986年的大展为诗歌制造了貌似的辉煌,仿佛回光返照,诗歌从此远离中心。

诗歌的远离中心缘于世俗社会消费主义的风靡。就诗人而言,在政治社会即使遭受封禁、贬斥,也远比在世俗社会遭遇漠视要好受些,因为受迫害,他反而更能激起社会的崇敬和同情,他仍然处于文化的中心。但消费主义从外部彻底平叛了诗界的话语权争夺战。文化成为产业,身体颠覆了灵魂成为世俗社会的主导主题,躯体意象带来的感官享乐替代了阅读的快乐,英雄不再是诗人或其他文化精英,而是歌星、影视或体育明星,从而诗歌被漠视、诗人被边缘化了。

二

回顾新诗近百年的历程,是要说明活跃于上个世纪80年代的校园诗歌创作所面临的现代诗歌传统和当代诗歌写作环境,在摆脱了1949年以后的政治禁锢之后,释放的灵魂和精神又被物质主义、商业主义囚禁。

> 上帝也加入我们的行列
> 一起经商
>
> 世界是一个广告商
> 孤独如何表白
> 　　　　《上帝也加入我们的行列》
>
> 自古以来,两只羊换一担米
> 或者一两金子
> 其他事物也一样
> 惟独心不能换回另一颗心
> 　　　《人人睁大眼睛等着别人的笑话》

于是,对灵魂的找寻成为布克诗歌一以贯之的主题:

我曾经到处找你
无论男人还是女人
我总想找到一个彻底的
灵魂
　　《近来才感到无论今人的书古人的书》

我愿意越过好几个世纪
回到你的山庄你的身旁

请赐给我你的怀乡病
它比一瓶陈酒
保存着更多的感情
《我愿意越过好几个世纪》

90年代初,随着一个伟大联盟的解体,由对灵魂的找寻转向了对人类有没有灵魂的质疑,《你好吗,叶利钦先生》写道:

你好吗,叶利钦先生
你的心脏还忠实于你吗

肉体的背叛算得了什么
既然灵魂的信约
会毁于一旦

那么,我还相信什么

当你的右手按摸住
胸口,你能感受
它的动律吗

你好吗,叶利钦先生
你的灵魂仍忠实于你吗

如果人类有灵魂

《这个秋天,又是一次久别重逢》中这样写道:

>   瘦长而瘦长的街灯下
>   灵魂找不到载体
>
>   你的身躯
>   光滑而润泽
>   丰满而弹性
>   却空空,如横遭浩劫的
>   古穴

如同空洞的古穴,生命原是"带着文明镣铐"的"一副又一副面具"(《黑暗中我把手伸向你》)。正如河流消失于土地,季节消失自然,候鸟消失于天空,旗帜消失于旗杆,人消失于增长的人口(《人,又少一个》),工业化摧残了人类的生态系统,又正在灭绝人类的精神,布克如此唱着灵魂分崩离析的挽歌。

>   站在城市高层的平台
>   我终于看透下面的一切
>   跨出一步就是深渊
>   来,阿多
>   让我们临渊而立
>   《我找不到电灯拉线,阿多》

站在城市高层的平台,能看透下面的一切是什么呢?

>   我无力跳下高楼,阿伦茨
>   城市如万人坑
>   《阳光斜斜地穿过》

看透了繁华城市不过是万人坑,生便不值恋,死也不足惜,"临渊而立"所表现的遗世独立,是对生的领悟和对死的超越。在诗歌运动如火如荼的80年代早期,当诗人们还没有一连串自杀之前,布克便沉痛地预告了诗人的死亡:

  诗人死啦。雨巷里再没有美丽的忧伤啦
  开始吧,让所有心灵下半旗吧
    《我的记忆是你长长的雨巷》

"半旗"意象一直延续凝固成30年以后追念先祖的画面:祖父"那暗绿色的烟枪/变成我童年的旗杆/黑色的旗帜"。飘越了世纪,飘越了从青春到衰老的30年生命岁月,这一面"黑色的旗帜",定格"在想象的风中/拒绝飘扬"(《我见过我的祖母》)。死亡是与灵魂相连的又一大主题。

  也许死亡与诗人最为亲近,事实上也没有一个人群与死亡如此亲近。面对校园里鲁迅的纪念头像,《纪念》写道:"有一天我们也会得肺结核/我们咳嗽不停地咳嗽咳出血来/我们死了/我们将十分愉快"。《生活笔记》是一首为数不多的标注写作日期的作品,标注的日期是12·9纪念日,在对历史的领悟中抒发了对生死宿命的感同:

  总是刚定音
  就已经走调
  总是刚想起
  就已经忘记
  总是刚开头
  就已经结尾

>　总是刚生下来
>　就意味着死去

80年代中后期,通过与那些自杀的诗人(作家)的对话,死亡主题得到了反复的言说:

>　我没有敌人没有目标
>　我将跟自己作战
>　但你就是不肯送给我
>　那支心爱的猎枪
>　　　　　　《致欧内斯特·海明威》

《致扬·阿伦茨》如此回答了这位跳楼自杀的荷兰人对世人为什么不跳下楼去的发问:"让我回答你,阿伦茨 / 因为我想的 / 不是跟别人对话 / …… / 你想的是跟别人对话 / 这可能 / 或者不可能"。《致贝里曼》和《所有亲切的称呼》表达了同样不死的理由:

>　想到死以后
>　所有人将在一起
>　再也无法回避
>　对于死亡
>　我就不再渴望
>　　　　　　《致贝里曼》

>　普拉斯说
>　死是一门艺术
>　事实上却不由选择

> 哪种形式更精彩
> 正如活着
>
> 　　　　　《所有亲切的称呼》

90年代以后,在日渐盛行的商业消费主义和工具理性主义垄断下,文化界随着整个社会转型出现了根本变化,边缘化的处境粉碎了诗人们企图以诗歌拯救现实、以诗歌挽回灵魂的历史担当。诗人的自杀成为90年代集体性逃亡的文化风景。《这些天来我沮丧透顶》强烈地弥散着这种死亡意识:

> 世界是一个巨大的癌
> 我是它每夜每夜的隐痛
> 我是它扩散的癌细胞
>
> 把枪口插进嘴里
> 在梦中我疲惫无力
> 帮帮我,阿多
> 帮帮我扳动它的扳机

《我不由自主回到森林》几近绝望地表达了生之孤独和死之无助:

> 我总是找不到入口
> 告诉我,上帝先生
> 哪里是地狱之门

于是"我只得把自己关在门里/我让自己死在心里"(《夏天是

虫的季节》)。心既已死,人死次之。人们无需经历生理上的死亡,却可以在内心一次次死于一种弥足珍贵或者深恶痛绝的东西,所以布克只能在诗句中实现对死的冲动和痴迷:"不管世事变得何等荒诞/死神永远这般安详":

> 只有死神
> 将他的光芒
> 在每一个路口
> 在每一个时刻
> 把我
> 把我们每一个人消融
> 死是至高无上的
> 　　　　《不管世事变得何等荒诞》

对于死亡的言说随着年龄的增长而由激愤趋于平和。《农历二月,我来到故乡》在日常场景的描写中表现了生之相离,死之永诀:

> 总是在没有准备的时刻接到亲人的死讯
> 总是在回乡的路上才发觉故乡那么遥远
> 我走在故乡的土地上
> 走在布满亲人躯体的土地上
> 谁也不知道我在想什么
> 这些人都是我的堂亲表亲
> 没有节日将我们聚集在一起
> 直等某一位亲人去世
> 彼此才得以团聚

《什么时候我才能回到你的旧屋》通过叙说一段返乡寻祖的经历，揭示了花草抑或人生的定律：

> 如果这就是宿命
> 那么死去的是你还是我
> 活者的是我还是你
> 在骄阳尽泄的这一个午后
> 在你抽着卷烟摇着蒲扇的这一时刻
> 我是否已经存在
> 我们是否已经离别
> 注定的存在
> 注定的生离和死别
> 仿佛红色的白色的五角的
> 茑萝，绽放
> 只为迎接枯萎

海明威、阿伦茨、贝里曼、普拉斯……，这些因为不同理由并以不同方式自杀的诗人（作家）是海子们的先驱。海子的怆然赴死为边缘化的诗歌赢得了最后的眼球，为批评家提供了喧噪的议题，为出版商提供了炙手的商机。然而，这一切与海子无关，与诗人无关。在海子去世二十多年以后，在对海子的追忆被埋没在不同场合人们对"面朝大海，春暖花开"附庸风雅的诵读之后，《每到四月，我总想起许多人》写道：

> 当他们活着
> 我并不知道他们
> 我并不认识他们

只因为他们死了

并不是任何时候都会想起他们
只因为四月,是令人伤逝的月份
也不是任何人都会让我记起
只因为他们,竟教活动的肢体麻木了

人们似乎并不关切海子们的存在,而更期待海子们的毁灭,这是诗人的宿命还是至尊?当批评家赋予诗人之死以形而上的意义时,有意无意地忽略了下面的事实:海子生前曾在昌平的小饭馆想通过朗诵自己的诗歌来换取酒钱,小老板对海子说,我可以给你酒喝,但你不可以念你的诗。其实,海子的死并没有屈原的崇高,也没有普拉斯的疯狂。穷困,不为世俗所纳,这在海子以后自杀的更年轻的诗人那里得到了验证:乡村的身份背景,异城的求职经历,房贷婚姻诸般压力。如果他们守望在麦田呢?我们无法想象在田园,诗人会以什么样的理由和方式自行结束生命。同样,如果海子活着,并且以今天的诗名到那家小饭馆,诗歌能否换得些许酒钱呢?在公众的文化需求中,驻唱歌手替代了诗人,这在一定程度上折射了诗人的文化生态环境。如果生命不过是戴着镣铐的一幅幅面具、城市不过是一个万人坑,那么,无需追问生的价值,最后失去的是死的意义:

春天是交配的季节
秋天,却如丧偶日子
收获,不再充满意义

《关于秋天》

当意义丧失,诗人该如何在这样的文化生态中生存?孤独、与外部世界的关系以及由此对生存处境的思考,构成了与上述灵魂、死亡两个关键词相辅佐的另一个主题。

写于80年代初的《当你偶然发现》,最早表现了人际孤独,诗中将"为棋养性"视作"贪欲与算计",将棋盘上的"界河"比作人际隔阂,无可奈何中,最终选择的是逃避:

> 也许我该收拾了行李
> 做一次远行,消一个暑期
>
> 《我相信了你》

貌似的洞明世事,终究却不能练达人情:

> 每个人都是一颗子弹
> 而我只是一枚弹壳
> 空空如也
>
> 《我讨厌别人的手》

> 我不曾期待你的出现
> 每个人是别人的猎物
>
> 《耻辱柱环绕着广场》

孤独,对外部世界既无法回避又无能介入,于是退缩和忍受便成为面对外部世界的基本姿态:

> 这个世界不会更糟更坏
> 也不会稍许好些

至少我应该和它

相处得随和一些

　　《近来才感到无论今人的书古人的书》

仿佛战斗过后,我独自打扫战场

收拾无数被击毙的自己

我最终学会退缩

　　《人人睁大眼睛等着别人的笑话》

我努力对任何事物毫不在乎

无奈地忍受住

仅仅是一种技巧

　　　《坟墓是一个大酒窖》

这样的主题到了新世纪以后,进一步转化为对现代人生存处境的思考:

阿多的住房

在许多房间的下面

在另一些房间的上面

钢筋水泥把它们隔开

　　　　《阿多的新房》

《阿多的新房》在揭示了人的物质困境同时,一如既往地表现人际隔离。诗的开头化用了佛罗斯特修篱笆和陶渊明采菊东篱下的典故。陶渊明"心远地自偏",而现代人"地偏"却不能"心远",人们失去的不仅是佛罗斯特、陶渊明的山林田园,更是内心

的从容与安宁。《我呼吸着,却感受不到空气》用"屏蔽的风"、"锁定的账号"写照了现代人的窘境:

> 我呼吸着,却感受不到空气
> 的流动
>
> 我行走着,却感觉不到土地
> 的延伸

现实人生囚徒般的悲哀就仿佛是在跑步机上"不停行走,却无法向前"。《我向强盗请教》表现了现代人的失语和孤独:

> 你渴望的某一个词在汉语里已经无从查找
> 穿越城市盲目的喧嚣是你不敢张望的深渊

一如《我找不到电灯拉线,阿多》中所宣示的让我们临渊而立,这种遗世独立的生存姿态决定了布克的写作状态:沉潜与离叛。

三

沉潜不是沉沦和沉陷,而是主动保持一种宁静而专注的心境。只有宁静而专注的心境才能产生强大的内心去感受、去感应、去感悟现实的变异,去接收、去破译、去听从来自另一个世界的召唤。事实上,没有一个诗人可以远离世事变迁,而诗歌所表现的个人经历也无不应该与加广阔的社会经验联系在一起。

在完成了半个多世纪的历史担当之后,现代中国诗歌陷入了社会转型的历史困境和既定秩序崩溃的现实废墟,基于这种历史困境的危机感和幻灭感,基于这种废墟经验的无中心、不确定和零散化,中国诗歌跨越了工业化和后工业化的社会进程,实现了与西方现代主义、后现代主义的遥距对接。身处这种历史困境和现实废墟,诗人们该如何改变对现实的介入方式,调整与外部世界的关系?也许只有在这种改变与调整中,诗歌才能重拾灵魂,灵魂才能重归诗歌。从这个意义上来说,诗歌可能的深度取决诗人沉潜的深度。

现代诗人面临的另一个问题是如何在创新之声不绝于耳的喧哗中处理现代性与传统的关系。现代主义、后现代主义一度被当作时髦的标签得以滥用,甚而诗人们错将这些自制的标签充当大旗占山为王,然而人们看到的却是这些标签难以糊住的裂痕,这些旗帜被插在了光秃的山头。如何走出现代主义、后现代主义的理论丛林,传统文化与传统诗歌未必能提供现实的路径。人们奔向所谓传统的努力也许徒劳,因为在这个过程中人们会发现曾经追逐的现代主义、后现代主义已经无可争辩地成为诗歌传统的一部分。因此,与其在传承与创新的众声喧哗中纠结迷失,不如在离叛中悄然前行。

也许人们并不确定诗歌的传统在哪里,诗歌的传统是什么。我们不必洋洋自得于西方现代主义诗人在蓦然回首中对中国古典诗歌的惊喜发现,在所拿来并奉为宝典的西方现代主义、后现代主义那里,不必惊讶于隐约其中的中国制造的印记,那种认为只有中国的才是传统的想法是狭隘的。所谓民族性和世界性的论断只能自欺而不能欺人。对于传统,我们本应超越地域主义。

传统也是没有时限的。几千年的中国古典诗歌是传统,百年中国诗新也是传统,而作为惊世骇俗地决裂传统的现代主义、后现代主义本身在洗尽铅华之后也被收编为传统的一部分。传统是未完成的过去时,人们身处其中,从中得益,并不断丰富着所在其中的传统。我们既不能拒绝传统的影响,又不能人工地继承传统。从传统中走来而不是向传统走去,在离叛中实现对传统的丰富和发展。可以说,对于传统的离叛程度决定了现代诗歌丰富的多元性和无限的可能性的程度。

斗转星移,百年新诗将开启又一个新诗百年。这个开始,当从诗人们自觉卸掉旗手、号手和鼓手的裘袋之后,从公众抛弃了赋予诗人们的昔日桂冠之后。问题是:"今日的印象,是不是昨日的风景/过去的诗人,有没有未来的读者"(《偶然经过一片墓地,却发现》)。在昨天与今天、过去与未来之间,在孤独和无奈、困惑和绝望之中,"诗歌/是城市的梦呓"(《地图》)。它告诉将来的青年:"你遭受的一切/自古有之"(《我轻轻抚过你冰凉的面颊》)。

2013 年 11–12 月,上海

致谢

你教我没有闲情逸致写诗

布 克

　　1981年考入北京师范大学之后,才知道师范大学还管饭吃,是名副其实的"吃饭大学"。地处京城西北角铁狮子坟的北师大,南毗小西天,北邻太平庄,虽阴气惊悚,却诗风炽盛,教员中集中了老中青三代诗人:钟敬文、黄药眠、郑敏、任洪渊,此外还有诗评家蓝棣之在这里弘文励教。黄药眠先生当年因为《关于朦胧诗及其他》一文而被推到那场文艺思潮激战的风口浪尖时,曾经召集中文系的诗歌习作者,在小红楼他的寓所,在混合了各种寂寞药味的客厅,讲述他的创造社、他的《黄花岗上》、他的囚徒生活和逃亡生涯,全然没有那篇檄文中对青年人的傲慢。我不禁恍然释然:老先生也年轻过。人们怎能苛求一个老者在他年逾八旬时还保持其思想精神的常青生机?那个初夏的午后,我学会了平和与宽怀。

　　如同药眠先生在黄花岗上曾经的年轻,我们正年轻着。而被年轻学子追捧的则是正当盛年的任洪渊先生、蓝棣之先生。蓝先生曾在为文学社诗歌专刊写的序文中说,铁狮子坟这片土地是长不出奇花异草的。从此北师大文人无不以铁狮子坟自居,铁狮子坟超越了它的地标意义,成为北师大人的精神符号。

因此,我更愿意相信,蓝先生当年所说是反话,他激励了铁狮子坟这片土地奇葩盛长。

感谢铁狮子坟这片诗风炽盛的土地。

感谢当年星光社的成员:陈雷、李文星、张亚斌、张冰月,是你们带动、推动了我,在此后的30年里,星光一直照耀着我走的路。

感谢文星,在你的蛊惑下,我刻印了第一本诗集,你给它起了牛哄哄的名字:《牛顿一号》。

感谢马春辉,1983年暑假的一天,原本我们打算去虹口公园鲁迅纪念馆的,怎么径直去了复旦校园,在我中学同学盛建国连电扇也没有的宿舍里刻写了那本《礼拜天与哲学课》。感谢盛建国流美疏朗、萧散飘逸的字体。

感谢牟森,在大白天也昏暗的西南楼,你用你的铁画银钩帮我刻写了《下半旗》。

感谢陈雷,当我、夏天阳和朱枫的《13次列车》编好以后,是你义不容辞地撰写了序言,一如今天你为这本《陌生的城市》欣然作序。

感谢天阳,当我和周成璐、朱枫在西郊人文公园送别你的时候,"我们意外地发现/你与辛笛住在/同一个墓区//我对朱枫说/你可以向辛笛/请教诗艺了//只是不知道/天堂还是地狱/有没有写诗的/行当"(《人又少一个》)。

我时时怀念"那架又旧又破的油印机/那些油墨喷香的夜晚/还有天天在一起的朋友"(《新街口的小酒店》)。

感谢周维强,在1989年以后我快坚持不住的那段日子,是你的一封封来信,给了我最坚定的鼓励和指点。

感谢伍方斐,你2010年的上海之行,诱发了《魔鬼的舞步》的动机。

感谢骆自强为我在出版社之间牵线搭桥。

感谢徐如麒先生为《魔鬼的舞步》和《陌生的城市》付出了高效的、专业性的劳动。

感谢上海文艺出版社,在更早的1978年,我在福州路旧书店购得一本残破的《瓦普察洛夫诗选》,这是我读到的第一个外国诗人的诗集。

感谢瓦普察洛夫,"你教我/没有闲情逸致写诗"(《致瓦普察洛夫》)。

感谢任洪渊先生,30多年前你讲授"当代诗歌"、"诗歌创作论"的情景恍然如昨。当你热泪盈眶地把我们带进郭小川的团泊洼、甘蔗林和青纱帐时,我突然觉得:"是时候了/重读《唐吉·诃德》/会哭"(《心情之二》)。这么多年过去,你的新锐和前卫一直是现代汉语诗歌写作者不可跨越的标杆。

感谢毛礼智先生,在我们疲于各种题海的高二,你请来辛笛为文科班同学做诗歌讲座。填写高考志愿之前,一扇门打开了,一条路展开了,虽然今天想来,这是"进得去的门/回不去的路"(《让声音安静下来》)。2012值辛笛百年,我拼贴了辛笛先生的句词,写了《偶然经过一片墓地,却发现》。重复有时并不过分,请允许我再次引录这首诗,算作对早已作古的毛老师的纪念:

偶然经过一片墓地,却发现
诗人的墓碑与他人并无二致

一排排形状各异的墓碑
一个个封闭循环的圆圈

前一个圆圈,后一个圆圈

在晴空下,在雨雾中

后一个圆圈,前一个圆圈
在前行时,在回望里

你终于走出,这一个个圆圈
你终于回归,这一个个圆圈

书柜里存放着
你金黄的诗集

在玻璃的橱门内
在一本本旧书间

你的手掌朝着天,还是向着地
刻写了过去,还是预示着未来

今日的印象,是不是昨日的风景
过去的诗人,有没有未来的读者

        2013年12月,上海学习广场

图书在版编目（CIP）数据

陌生的城市/布克著.-上海：上海文艺出版社.2014.7
ISBN 978-7-5321-5371-8
Ⅰ.①陌… Ⅱ.①布… Ⅲ.①诗集-中国-当代
Ⅳ.①I227
中国版本图书馆 CIP 数据核字（2014）第 120634 号

本书得到上海远程教育集团出版基金资助

责任编辑：徐如麒
封面设计：钱　祯

陌生的城市
布　克著
上海世纪出版集团
上海文艺出版社 出版
200020 上海绍兴路 74 号
上海世纪出版股份有限公司发行中心发行
200001 上海福建中路 193 号 www.ewen.cc
上海文艺大一印刷有限公司印刷
开本 850×1168　1/32　印张 5.375　插页 2　字数 125,000
2014 年 7 月第 1 版　2014 年 7 月第 1 次印刷
ISBN 978-7-5321-5371-8/I・4269　　定价：25.00 元

告读者　如发现本书有质量问题请与印刷厂质量科联系
T：021-57780459